## BIOGRAPHIE

**Sigrid Zeevaert** est née en 1960 à Aachen (Allemagne). Elle aurait dû devenir institutrice, et c'est d'ailleurs dans le cadre de ses études qu'elle a écrit *Max, mon frère*. Ce premier roman, publié en 1987, a connu un tel succès que Sigrid a renoncé au métier d'institutrice pour se consacrer à l'écriture. Depuis, elle a écrit plusieurs romans, dont certains ont été adaptés à la télévision allemande.
*Max, mon frère* a obtenu le prix *Förderpreis des Landes* en Allemagne.

ILLUSTRATION DE COUVERTURE
JAME'S PRUNIER

# Max, mon frère

Un roman de
Sigrid Zeevaert,
traduit par Christine Muller-Dellisse

BAYARD POCHE

Bayard Éditions est une marque
du département Livre de Bayard Presse

ISBN : 2-227-723-575

## Avertissement

Accroche-toi, tu vas t'envoler !
Tu as entre les mains un roman
qui va te secouer la tête
et faire battre ton cœur.
Laisse-toi porter par les mots,
glisse-toi dans la peau des héros,
ils t'invitent au voyage.
Tourne vite la page...
Attention, décollage immédiat !

Chapitre 1

# Une étrange fin de vacances

– Tu mens ! ai-je crié, furieuse. Tu mens comme tu respires ! N'importe qui voit bien que j'ai plus de taches de rousseur que toi. Ouvre donc les yeux, espèce de taupe !

Max, allongé sur le sable, souriait ironiquement.

– Tu t'es bien défoulée, ma grosse ? a-t-il demandé, l'air de s'ennuyer profondément.

J'ai senti le rouge me monter au visage. J'ai respiré un grand coup, et j'ai sauté sur la forteresse de sable qu'on venait de construire ensemble. Puis je me suis enfuie en courant aussi vite que j'ai pu.

Quand j'ai été certaine qu'il ne me poursuivait pas, je me suis mise à pester tout haut, tout en ralentissant. Une taupe, qu'il était ! Parfaitement ! Et vache en plus de ça ! Ah, si on avait pu me donner un autre frère ! J'en avais vraiment assez, de celui-là. Cela durait depuis dix ans.

Et même depuis beaucoup plus longtemps, puisqu'on était déjà ensemble dans le ventre de maman. Je n'y pouvais rien si on était jumeaux ! Et Max était certainement aussi vache en ce temps-là.

Et puis il m'appelait tout le temps « sa grosse ». Quand j'étais petite, j'étais un peu ronde, mais, depuis le temps, comme disait maman, j'avais bien fondu. Décidément, Max était une taupe !

Je me suis laissée tomber sur la plage et j'ai regardé autour de moi. Beaucoup de gens se prélassaient au soleil. La plupart luisaient tellement ils s'étaient enduits de graisse.

Que faire ? Je commençais à avoir faim. Je suis rentrée dîner.

La porte de notre petite maison de vacances était ouverte. Le soleil couchant inondait solennellement la cuisine.

– Tu tombes à pic, Johanna.

Maman était en train de laver la salade.

– Tu peux mettre le couvert. Le dîner va bientôt être prêt.

– Toujours moi ! Je suis en vacances, après tout !

Décidément, je n'arrivais pas à cacher ma mauvaise humeur.

– Ah bon ! – Maman a fait semblant d'être

surprise. – Je l'avais oublié. Excuse-moi, s'il te plaît, je ne voulais pas t'accabler de travail.

Ironiquement, elle désignait un fauteuil :

– Assieds-toi ! J'espère que je ne te dérange pas avec tout ce bruit.

– Les autres ne font jamais rien, dis-je. C'est toujours à moi que tu demandes. Je ne suis pas une bonne !

À présent, maman était furieuse.

– Mille excuses, Johanna ! Je ne m'étais pas rendu compte que tu étais à ce point surmenée. Mon Dieu ! Comment est-ce que j'ai pu ne pas m'en apercevoir ?

Je n'ai rien dit.

– Tu sais ce que je pense ? – Maman a posé des assiettes sur la table. – Le mieux serait peut-être que tu ailles te reposer.

J'ai claqué la porte de toutes mes forces et je suis montée dans ma chambre. J'étais terriblement vexée. J'ai tourné la clé dans la serrure en faisant beaucoup de bruit. Il fallait que maman entende que je m'étais enfermée. Rien ne s'est passé.

J'ai entendu les autres arriver. Papa, en compagnie de mes deux petites sœurs, Christine et Véronique. Max est rentré aussi. Ils riaient et s'amusaient. Quel culot ! Ils avaient l'air de m'oublier complètement.

Une odeur de spaghettis est arrivée d'en bas. J'avais faim.

Maman m'a appelée. Je n'ai pas répondu.

Papa m'a appelée. Je n'ai toujours pas répondu.

Véronique m'a appelée.

– Je ne mangerai pas ! ai-je crié. Je vais mourir de faim. Cette nuit même.

Rien ne s'est passé. Personne n'a gravi l'escalier en courant, angoissé, pour me sauver. Eh bien, d'accord. Ils allaient voir ! Je me suis déshabillée et je me suis glissée sous la couverture. Oui ! J'allais mourir de faim ! Et le mieux était de m'y mettre tout de suite. J'ai fermé les yeux. J'ai mis une main sur mon ventre. Il m'a paru vide. Ça ne pouvait pas prendre bien longtemps.

Tout de même, est-ce que ça n'était pas mieux de déverrouiller la porte ? C'était peut-être trop compliqué s'ils devaient l'enfoncer avant de me découvrir. Je me suis glissée jusqu'à la serrure. Je les entendais parler en bas. J'ai doucement tourné la clé, puis je me suis recouchée. J'ai allongé mes bras sur la couverture. C'est comme ça qu'on fait quand on meurt de faim.

Soudain, j'ai entendu qu'on ouvrait doucement la porte.

– Jo !

C'était Max. Je n'ai pas répondu.

– Jo ! a murmuré Max à nouveau. Allez, lève-toi ! J'ai quelque chose à te montrer.

Quel idiot ! Il ne comprenait vraiment rien. Je m'appliquais pourtant à respirer péniblement.

Max s'est approché.

– Je sais bien que tu ne dors pas.

Zut ! Combien de temps devais-je encore attendre avant de mourir ? Max allait tout gâcher. Il me chatouillait le pied avec un brin d'herbe. Ne pouvait-il pas me laisser mourir en paix ?

– Eh, ma grosse ! Je vais bientôt y aller sans toi.

Max a fait un pas vers la porte.

– Alors, tu viens ?

Franchement, ça devenait impossible de mourir, dans ces conditions. Et trop ennuyeux, aussi. Je n'ai pas pu tenir.

– Bon, attends ! Qu'est-ce que tu vas faire ?

J'étais debout à côté de lui.

– Allez, habille-toi, tu verras bien.

En sortant par la fenêtre, nous sommes montés sur un arbre proche. Max y grimpait souvent. Il adorait rester des heures dans les arbres. Des dernières branches basses, le sol n'était plus difficile à atteindre. Penchés en avant, nous sommes passés sous la fenêtre du salon. Il ne fallait pas que papa et maman nous voient.

Quand nous avons été assez éloignés de la maison, Max s'est mis à courir, et je l'ai suivi. Dans le noir, tout était différent. Heureusement, Max ne courait pas trop vite. Je pensais qu'il aurait certainement eu peur sans moi.

Nous nous sommes faufilés prudemment entre les buissons. Des ronces nous écorchaient les jambes. Max s'est couché à plat ventre et j'ai rampé jusqu'à lui. Il faisait terriblement sombre.

Tapis l'un contre l'autre, nous avons attendu

en silence. Les arbres de la pelouse ressemblaient à des géants. Je ne bougeais pas. Max s'est glissé un peu plus vers moi. Nous nous tenions la main. Nous attendions...

J'ai sursauté. Ce n'était pas possible ! Max était allongé à côté de moi et dormait. Il faisait déjà jour. Et j'étais glacée.

– Max !

Il m'a regardée, complètement ahuri.

– Allez ! Il faut rentrer avant que les autres se réveillent.

Cette fois, nous n'avons pas couru. Nous étions beaucoup trop fatigués.

– Alors ? C'est tout ce que tu voulais me montrer ?

Max se taisait.

– Ça ne peut pas se passer toutes les nuits, a-t-il fini par dire. Il faut de la patience. Cette nuit, j'y retourne. Toi, tu n'es pas obligée de venir.

– Mais qu'est-ce qui se passe de tellement génial ?
Max se taisait à nouveau. Je savais qu'il ne me répondrait pas.

Le lendemain fut une belle journée. Papa et maman semblaient ne rien avoir remarqué de notre escapade nocturne. En tout cas, ils étaient comme d'habitude.
Nous sommes partis tous les six pour les criques, là où il n'y a presque pas d'autres vacanciers. Même papa et maman grimpaient sur les rochers. Ils se débrouillaient presque aussi bien que nous. Le soir, Max et moi avons fait semblant d'aller nous coucher, puis nous sommes retournés à notre cachette. Max était très excité.
– C'est d'ici qu'on voit le mieux.
Il parlait si doucement que je ne comprenais presque rien.

Nous nous sommes allongés l'un à côté de l'autre, et nous avons attendu.
Tout était silencieux. Les arbres ne bougeaient pas. Mon cœur battait fort.
Quelque part derrière nous, des brindilles ont craqué. Je n'ai pas osé regarder. J'entendais Max respirer à côté de moi. Pas comme d'habitude. Il avait la trouille.
Soudain, deux silhouettes sont apparues à l'extrémité de la pelouse. Mon cœur battait maintenant à tout rompre. Pitié ! Je voulais rentrer. « Max ! » Pas un son ne sortait de ma bouche.
Les silhouettes s'approchaient. C'était un homme et une femme. Non ! Ils nous avaient vus. C'était sûr. « Max, s'il te plaît ! »
Ils se sont arrêtés à quelques pas de nous. Ils se tenaient très près l'un de l'autre. J'ai entendu Max avaler sa salive.
Ils se sont regardés. Ils avaient certainement

envie de s'embrasser, mais ils n'osaient pas. Et puis, finalement, ils se sont décidés. Tout était silencieux autour d'eux. Ils devaient s'aimer beaucoup.

La femme a chuchoté quelque chose. Ils se sont à nouveau regardés et sont lentement repartis.

Nous nous sommes tus un moment.

– Quand je m'imagine un jour vraiment amoureuse...

J'ai fait une pause.

– Je me dis que ce pourrait être de Winne. Max, si un jour je me marie, tu me téléphoneras quand même, de temps en temps ?

Max a promis.

– Et ces deux-là, qu'est-ce que tu en penses ? Ils vont vivre ensemble, avoir des enfants ?

Max ne disait rien.

– Moi, en tout cas, plus tard, j'aurai au moins dix enfants.

– Et moi, au moins quinze, a dit mon frère, enthousiaste.
Ce serait génial ! Nous avons calculé qu'ensemble nous aurions carrément deux équipes de football. Et même un remplaçant pour chaque équipe. Nous, nous serions les entraîneurs, évidemment.
– Max, tu ne crois pas qu'on devrait quand même rentrer ?
Je venais juste de remarquer que nous étions encore allongés derrière les buissons. Ce devait être déjà le milieu de la nuit. J'étais tout à coup fatiguée, et j'avais un peu peur. Je ne fus pas mécontente de retrouver la maison.
– Bonne nuit, ma grosse !
Une fois à la maison, Max m'a fait un bisou ! Ça n'arrivait pas souvent.
Allongée sur mon lit, j'ai décidé d'acheter un ballon de foot dès le lendemain. En fait,

le mieux était carrément d'en acheter vingt-cinq, et aussi un tas de chaussures de foot et de bouteilles d'eau, et de sifflets, et de bandages...

Le lendemain, quand je suis rentrée de la plage, Véronique et Christine paraissaient très agitées.
J'ai enfin compris ce qui s'était passé, et j'ai eu peur. Max était tombé de l'arbre. Papa et maman étaient chez le docteur avec lui. Il avait peut-être une jambe cassée. Il était si pâle... Tout s'était passé très vite.
– Il a pleuré ? ai-je fini par demander.
– Quand même un peu, oui, a répondu Véronique.
– Ça fait longtemps qu'ils sont partis ?
Véronique et Christine ont fait oui de la tête. Mais elles ne savaient pas exactement combien de temps.

– Est-ce qu'il ne pourra plus jamais marcher normalement ? a voulu savoir Christine.

– Évidemment qu'il pourra remarcher ! Mais peut-être qu'il va commencer par rentrer avec une grosse jambe dans le plâtre.

– Et tu auras certainement le droit de dessiner sur son plâtre, a ajouté Véronique.

Christine était ravie.

– Pauvre Max ! Une jambe cassée, ça doit faire très mal, a dit Véronique.

– Oui, mais pas très longtemps.

Comme je la rassurais, nous avons entendu quelque chose. Là ! Ils rentraient ! Nous avons couru vers la voiture. Max était assis derrière, l'air réjoui.

– Alors ?

Nous avons regardé par la fenêtre, très intriguées.

– Eh bien, il est où, ton plâtre ?

– Ce n'est qu'une entorse, a dit Max.

– Ça avait l'air plus sérieux que ça n'est.

Papa a ouvert la portière. Il semblait un peu fatigué. Maman aussi.

– Demain, Max pourra remarcher tout à fait normalement.

Maman est vite rentrée à la maison.

Pas de plâtre, alors. Nous étions déçues. D'accord, pour Max, c'était bien d'une certaine façon. Mais un plâtre, j'en étais sûre, ça ne lui aurait pas déplu.

## Chapitre 2

# Max est malade

Papa et maman ont voulu aller se promener. Tout seuls, nous ont-ils dit.

Nous, les enfants, nous sommes partis à la plage, chercher des coquillages. Max boitait encore, mais ça allait de nouveau à peu près. Véronique et Christine cherchaient des crabes.

Nous sommes arrivés au rocher de la

Sorcière. Oui, c'était vraiment comme ça qu'il s'appelait. Le vent et l'eau avaient façonné la roche, et désormais elle ressemblait à une sorcière. Elle avait même une manière de scruter la mer, raide, immobile, qui ne nous rassurait pas.

Autour d'elle, il y avait de très nombreux coquillages, mais nous ne les ramassions pas. Nous n'en cherchions que de très beaux. Soudain, Max nous a appelées. Nous nous sommes précipitées vers lui. Il avait trouvé un coquillage géant. Un coquillage qui ressemblait à une spirale d'escargot avec une pointe au bout.

Max a mis l'ouverture contre son oreille.

– La mer !

Il rayonnait.

– C'est incroyable comme on entend bien la mer, dans celui-là !

Quand nous sommes rentrés, papa et

maman avaient encore l'air fatigués. Enfin non, pas vraiment fatigués, tristes peut-être. Nous leur avons montré nos coquillages. Celui de Max était le plus beau, de loin. Nous n'arrêtions pas de le porter à notre oreille, tour à tour. Et vraiment, la mer murmurait dedans.

Après le dîner, j'ai croisé maman dans le couloir.

– Maman ! Maman, vous vous êtes disputés ?

J'avais un peu peur.

– Qu'est-ce qui te fait penser ça, Jo ?

Maman était surprise.

– Ben, je croyais. Vous êtes tellement bizarres.

– Comment ça ? a voulu savoir Maman.

– Ben, je ne sais pas. Pas comme d'habitude. Vous vous êtes disputés ?

Maman m'a regardée. J'ai bien vu qu'elle était triste.

– Oh, Jo !

Elle m'a prise dans ses bras.

– Oui, nous nous sommes disputés. Ça arrive quelquefois, tu sais. Mais tout va bien maintenant.

Elle m'a regardée, et j'ai cru qu'elle allait pleurer. Mais finalement, elle a retenu ses larmes. Je ne savais plus très bien. Quand maman et papa se disputaient, ils étaient toujours très en colère. Même après. Or, cette fois, ils n'étaient pas en colère. Aucun des deux.

C'était notre dernière journée de vacances. Nous avons décidé de sortir dîner. « Comme des princes », a dit papa.

Et c'est ce que nous avons fait.

Nous avons eu des tas de fruits de mer, des crabes, et tout ça. Il y en avait qui craquaient quand on mordait dedans. Et, à la fin, ce n'était plus qu'un monceau de coquilles partout, et d'autres déchets bizarres sur nos assiettes. Quel désordre c'était ! En dessert, nous avons mangé des glaces au chocolat avec de la chantilly. Chacun une coupe immense. Christine a failli caler sur la sienne. Mais elle s'est tellement forcée que tout a fini par disparaître. Dommage.

Et puis nous sommes partis. En route, nous avons beaucoup chanté. Toutes les chansons que nous connaissions. Jusqu'à ce que nous commencions à être fatigués.

Pour rentrer en Allemagne, nous devions rouler toute la nuit. Maman et papa se relayaient au volant. Christine s'est endormie la première. Sa tête a glissé sur l'épaule de Véronique. Véronique a commencé par se plaindre, mais s'est finalement endormie. Max dormait depuis longtemps.

J'ai regardé par la vitre. La nuit tombait

lentement, et les prairies vertes se transformaient en tapis noir.
Maman a abaissé le pare-soleil. Elle nous a regardés dans le miroir. Elle faisait ça quelquefois. Et elle a regardé Max particulièrement longtemps. Elle était inquiète. Quand elle a remarqué que je ne dormais pas, elle s'est mise à fouiller précipitamment dans la boîte à gants.
Je commençais à avoir peur. Quelque chose ne tournait pas rond. Quelque chose clochait avec Max. Mais je n'osais pas demander quoi. Pourquoi papa et maman ne nous avaient-ils rien dit ?
Christine marmonnait en dormant. Maman s'est retournée et a souri. J'étais contente.
– Et toi ?
Maman a passé sa main dans mes cheveux.
– Tu n'es toujours pas fatiguée ?
Si. Lentement, mes paupières sont tombées

de sommeil. Je sentais Max respirer à côté de moi. Et j'ai fini par m'endormir, pas tranquille du tout.

Cela faisait déjà quelques jours que nous étions de nouveau à la maison. Ce soir-là, papa chantait en rentrant de la ville. Ça ne sonnait peut-être pas très juste, mais quand papa chantait, ça voulait toujours dire quelque chose comme : « Chers enfants, aujourd'hui, vous pouvez faire de moi ce que vous voulez. » Pas aussi directement, bien sûr. D'abord, il disait à quel point le monde avait manqué en lui un grand soliste. Et quand nous l'avions approuvé un nombre suffisant de fois, nous pouvions faire de lui ce que nous voulions.

Au dîner, cela pouvait enfin commencer. Véronique demandait à papa de lui faire une tartine de fromage. Quand papa avait fini, c'était au tour de Christine. Après c'était à moi, et puis à Max. Et quand papa s'apprêtait enfin à mordre dans sa propre tartine, Véronique avait tout juste terminé la sienne et en commandait une autre. Et puis Christine. Puis moi. Puis Max. Papa tartinait alors un peu plus vite. Il avait faim. Mais malgré ça, quand il saisissait sa tartine, il en fallait toujours une autre pour l'un de nous.

Maman nous regardait, amusée. Et nous, nous n'arrêtions toujours pas de commander des tartines. Nous avions une faim de loup.

Maman s'est adossée contre sa chaise.

– Bon, mes chéris.

En jetant un coup d'œil à papa, elle poursuivait :

– J'espère que vous avez assez mangé. J'aimerais qu'on débarrasse la table. Je voudrais travailler un peu.

Et elle s'est mise à débarrasser.
Maman se retenait de rire. Papa se retenait de rire. Nous nous retenions tous. Et papa n'est pas arrivé à avaler une bouchée avant que nous soyons couchés ! Mais il l'avait bien cherché. Peut-être que la prochaine fois, il réfléchira avant de se mettre à chanter *Les Noces de Figaro* et *Don Juan.*

Papa, maman et Max sont rentrés de la visite de contrôle à l'hôpital. Max a raconté fièrement qu'on lui avait fait une radio, et il a expliqué aux petites que c'était en quelque sorte une photo des os et qu'on pouvait ainsi les voir par transparence.
Comme ils avaient peu de temps, Max n'avait pas vu le résultat des radios. À la place, on lui avait fait une prise de sang, et ça, c'était moins agréable. Et puis il avait subi des tas d'analyses. Il ne savait

pas vraiment pourquoi. Mais c'étaient des appareils immenses accrochés au plafond. Max a même dit que ça serait pas mal d'avoir un appareil comme ça, avec de si belles lumières, pour faire une fête avec des copains.

Le soir, maman et papa ont dû retourner à l'hôpital pour connaître les résultats définitifs de l'examen de contrôle.

Maman était très inquiète quand ils sont partis. Papa aussi. Ils ne savaient pas quand ils rentreraient parce qu'ils iraient peut-être ailleurs ensuite.

Nous, nous devions coucher Christine. Véronique, qui avait déjà huit ans, c'est-à-dire deux ans de plus, avait le droit de rester debout un peu plus longtemps.

Je me sentais toute drôle. D'accord, maman n'aimait pas les hôpitaux. Mais quand elle était allée voir Tante Uta, elle ne faisait pas

cette tête-là. Et papa non plus n'était jamais comme ça d'habitude.
Oui. J'en étais sûre. Quelque chose clochait avec Max. Et papa et maman se faisaient du souci. Beaucoup de souci.
Max et Véronique regardaient la télé. En cachette, bien sûr. Moi, je n'en avais pas envie. Je me suis blottie dans mon lit et j'ai essayé de lire. Mais je me prenais tout le temps à tendre l'oreille quand une voiture tournait dans notre rue.
Véronique est allée se coucher. J'ai entendu Max la menacer, comme un papa, et Véronique crier qu'elle répéterait tout aux parents s'il ne la laissait pas rester plus longtemps. Ils ont fini par se taire. Max est allé se coucher lui aussi.
– Bonne nuit, Max ! ai-je chuchoté.
Mais il ne m'a pas entendue.
J'ai essayé de dormir, mais je n'y arrivais

pas. Que se passait-il avec Max ? J'avais peur. Je suis sortie de mon lit et je suis allée à la fenêtre. « S'il vous plaît, revenez », ai-je chuchoté dans le noir.

Je ne sais pas combien de voitures sont encore passées dans la rue avant que papa et maman reviennent enfin.

Je suis vite retournée dans mon lit et j'ai tendu l'oreille. Mais je ne comprenais pas ce qu'ils disaient.

Je me suis glissée jusqu'à la porte et je l'ai entrouverte. J'ai entendu maman pleurer. Je crois que même papa pleurait.

– Maman ! Papa ! ai-je appelé doucement, sans réfléchir.

Il y a eu un instant de silence. J'ai descendu l'escalier, le cœur battant.

– Qu'est-ce qu'il a, Max ?

J'ai eu du mal à le dire. Papa m'a prise dans ses bras.

– Max est malade.
Papa a avalé sa salive.
– Il est très malade. On vient de nous le dire.
La peur m'a envahie de sa chaleur.

Le lendemain, je me suis réveillée très tôt. Tout m'est aussitôt revenu. Max était malade. Et non, ça n'avait pas été un mauvais rêve. Les os de Max étaient vraiment malades. Papa l'avait bien dit, hier.
Mais comment ses os pouvaient-ils être malades, alors qu'il grimpait aux arbres tout à fait normalement et qu'il courait dans tous les sens aussi bien que moi ? Et si les médecins de l'hôpital avaient pris une radio pour une autre sans s'en rendre compte ? C'était bien possible. D'ailleurs, comment Max pouvait-il être malade s'il n'avait mal nulle part ?

Oui. Ce devait être une erreur. Il n'y avait aucun doute. Max ne pouvait pas être malade.

Il était tout seul dans la salle à manger quand je suis descendue. Les autres dormaient encore. Je me sentais quand même un peu drôle.

– Alors, ma grosse !

Max avalait une tartine de confiture. J'ai jeté un coup d'œil à son visage. Il n'était pas pâle du tout. Et ses jambes se balançaient gaiement. J'étais rassurée.

– Écoute, Jo !

Max a pris un air mystérieux.

– Si on allait tous acheter un cadeau d'anniversaire pour papa ? Qu'est-ce que tu en penses ?

J'ai trouvé ça pas mal.

– J'ai même une idée, a continué Max d'un air important. On va lui offrir un tableau.

Un vrai tableau, une œuvre d'art, quoi. Il pourra l'accrocher dans le salon.
Oui, papa aimait bien les musées, et un tableau allait certainement lui faire plaisir. Max connaissait une galerie d'art. Nous arriverions bien à réunir dix marks*. Max et moi trois marks chacun, Véronique deux marks cinquante et Christine un mark cinquante.
Je n'étais pas vraiment emballée. Ou plutôt si, l'idée était bonne, mais je n'arrivais pas à me débarrasser d'une drôle d'impression. Une impression qui n'avait rien à voir avec le cadeau de papa.
– Max, je crois que je me suis levée du mauvais pied.
– Alors retourne te coucher, ma grosse !
Max était déçu.

* Monnaie allemande.

Je suis retournée dans ma chambre. Quel idiot ! On se faisait du souci pour lui, et lui, que faisait-il ? Une fois de plus, il ne trouvait rien de mieux que d'être vache.

Chapitre 3

# Le secret du coquillage

À présent, Max allait souvent à l'hôpital. Là-bas, on lui faisait des rayons. Cela devait tuer les « trucs » qui étaient dans ses os. Quoi ? Je n'arrivais pas bien à me l'imaginer. Mais j'avais entendu papa dire qu'on ne pouvait pas faire autrement parce que la maladie s'était déjà répandue dans tout le corps. À vrai dire, je l'avais même entendu chuchoter

avec maman et appeler la maladie de Max par son nom : cancer.
Maman, quant à elle, n'arrêtait pas de lire. Et papa n'arrêtait pas de rapporter toujours un peu plus de livres à la maison. Parfois, des ouvrages arrivaient même chez nous par courrier. Maman les lisait tous et prenait beaucoup de notes. Elle en avait déjà toute une pile.
Et puis elle téléphonait souvent au Dr Menze. C'était notre docteur. Elle téléphonait pendant des heures. Ma copine Alex s'était déjà plainte de ce que ça sonnait toujours occupé chez nous.
Le Dr Menze était gentil. Des années plus tôt, quand nous avions eu la varicelle, il était arrivé avec des yeux tout ronds et il avait demandé si nous avions regardé le soleil à travers une passoire. Il nous taquinait tout le temps. Et Max, qui devait aussi

aller chez lui de temps en temps, préférait ça aux visites à l'hôpital.
Moi, je trouvais toujours cette histoire bizarre. Max ne me paraissait pas malade. Je m'étais toujours imaginé le cancer complètement autrement. Oui, c'était très bizarre. Et qui sait, peut-être que finalement tout cela n'était qu'une erreur.

Tous les quatre, nous avons pris le bus en cachette pour aller en ville. Max marchait devant : il était le seul à savoir où se trouvait le magasin. Le mot « Galerie » était inscrit en grandes lettres au-dessus de la porte. Nous avons regardé timidement la vitrine et puis nous sommes entrés. Hésitants, nous sommes restés debout à la porte et nous avons attendu. Une jeune femme est arrivée. Elle semblait un peu étonnée.

– Puis-je vous aider ? a-t-elle demandé gentiment.

– Oui. – Nous avons hésité. – On voudrait acheter un tableau. Mais un grand. Parce qu'on a dix marks.

– Oh, c'est beaucoup, ça.

La dame a souri.

– Le mieux est que vous jetiez d'abord un coup d'œil.

Nous nous sommes promenés le long des murs. Il y avait des tableaux immenses. Sur l'un d'eux, on aurait dit que de la peinture avait coulé. Sur un autre, il y avait des traits dans tous les sens et, malgré le mal que je me suis donné, je n'ai pas réussi à trouver ce que ça représentait.

Il y en avait un qui me plaisait bien. Il était immense avec plein de couleurs. Dessus, il y avait une dame qui dansait sur une corde. J'ai donné un coup de coude à Max pour savoir ce qu'il en pensait. Il lui plaisait aussi. Et à Véronique aussi. Bon, alors c'est celui-là que nous voulions. De toute façon, Christine était encore trop petite. Elle ne pouvait rien comprendre à l'art.

Max s'est assis sur le tabouret derrière le comptoir. Il n'avait plus envie de rester debout, et l'on voyait beaucoup mieux de là-haut, prétendait-il.

Mais avant que nous ayons eu le temps d'expliquer ce pour quoi nous nous étions décidés, la vendeuse a pris un tableau sur le mur, un assez petit, et nous a demandé comment nous le trouvions.

Hmm. Il y avait un joueur de flûte dessus. Christine ne le trouvait pas si mal.

– Les grands tableaux sont très chers, a dit la vendeuse. Et en plus vous auriez du mal à les transporter. Celui-ci fait tout juste dix marks

De nouveau, elle a souri.
Finalement, nous l'avons pris. Nous avons demandé qu'elle fasse un joli paquet parce que c'était pour papa, pour son anniversaire. Elle a mis un grand ruban autour. C'était un cadeau magnifique. Nous avons payé et nous sommes partis.

À présent, Max était quand même vraiment malade. Et l'anniversaire de papa n'avait pas été une réussite. Certes, il était ravi du tableau qui était maintenant accroché chez nous dans le couloir, où il allait mieux que dans le salon, disait-il.
Mais c'était justement à l'anniversaire de papa que Max avait commencé à ne plus être bien. Il s'était senti affaibli et, depuis, il restait souvent couché. Pas tout le temps. Il se levait parfois, mais se fatiguait vite.
Maman savait beaucoup de choses sur la

maladie de Max, encore plus que papa parce qu'elle avait plus de temps pour lire. Et maintenant Max devait toujours manger des trucs dégoûtants, qui avaient tous un goût amer. Bien sûr, il protestait souvent. Mais maman disait que c'était très important et qu'il devait manger ça pour guérir. Il devait aussi boire des jus très bizarres, du jus de choucroute et des trucs comme ça. Il râlait toujours, mais il finissait quand même par tout avaler.

Depuis que Max était retourné à l'hôpital pour un contrôle, je n'avais plus aussi peur. Parce que les docteurs étaient restés bouche bée. Ils disaient que Max aurait dû avoir de grandes douleurs. Et Max n'en avait pas. Il n'avait mal nulle part ou presque. Papa et maman étaient vraiment contents.

Pourtant, ce jour-là, Max, assis dans son lit, était de mauvaise humeur. Maman lui avait mis des tas de coussins dans le dos, pour le soutenir. Il picotait des légumes avec sa fourchette.

– Toujours la même chose. J'en ai marre. Et je n'ai plus envie de rester dans ce lit de malheur.

– Mais... il le faut bien. Ça ne sera pas comme ça tout le temps, ai-je essayé de le raisonner.

– Il faut ! Il faut ! Il faut ! Fous-moi la paix, à la fin !

J'étais sérieusement vexée. Je suis sortie de la chambre et j'ai claqué la porte. Est-ce que j'y pouvais quelque chose s'il était malade ? Qu'est-ce qu'il s'imaginait, d'abord ? Il pouvait être content qu'on s'occupe autant de lui ! Parce que ça ne se passe pas comme ça partout. Et puis j'en avais vraiment marre qu'il m'engueule comme ça. Il n'avait qu'à y aller, à l'hôpital ! Il verrait bien !

L'école avait repris depuis longtemps, bien sûr. Max était venu le premier jour. Mais papa, maman et le Dr Menze trouvaient que ça n'avait pas de sens. Il fallait d'abord que Max se rétablisse complètement.
Ça ne lui déplaisait pas vraiment, à Max. Il n'aimait pas tellement l'école. Mais il s'ennuyait quand même. S'il avait pu jouer ou faire quelque chose, ç'aurait été différent. Mais rester au lit comme ça, tout le temps, ça ne devait pas être très passionnant.

C'était la grande récréation.
– Mon père a dit que le cancer, c'est quelque chose de très grave.
Tobias s'est assis à côté de moi.
– Qu'est-ce qu'il a, Max, alors ? a demandé Karen, pleine de curiosité. Quand est-ce qu'il revient à l'école ?

J'ai haussé les épaules. Je n'en savais rien.
– Max reviendra certainement dans quelques semaines, a dit Winne.
Tobias a secoué la tête :
– Je ne crois pas.
– Ne raconte pas n'importe quoi !
En me lançant un regard, Alex a poursuivi :
– Tu sais que Max n'a aucune douleur ?
– Et alors ?
Tobias faisait l'important. Je me suis mise en colère.
– Je vais te dire quelque chose, mon vieux ! Tu n'en sais rien du tout. Est-ce que Max est ton frère jumeau ou le mien ?
J'étais très fâchée.
– Tous les médecins s'étonnent parce qu'il n'a mal nulle part. Ça ne veut rien dire, ça, peut-être ?
– Et pourquoi il n'a pas mal, d'après toi ?
Tobias me regardait d'un air insolent.

– Parce que mes parents savent plein de choses là-dessus. Et parce que Max n’a plus le droit de manger un tas de trucs mauvais pour la santé. Voilà pourquoi.

Tobias a ri :

– Ça ne veut rien dire, tout ça. Quand on a le cancer, on meurt, c’est clair.

– On ne meurt pas !

Je lui ai donné une gifle retentissante.

Même Winne n’était pas content.

– T’es un salaud ! Jo a raison !

Et Alex a brandi son poing sous le nez de Tobias :

– Encore un mot, et je te casse la figure ! Tu ne pourras pas te reconnaître dans la glace !

Tobias commençait à avoir peur. Il s’est enfui en courant.

– Il est complètement dingue, celui-là !

Winne m’a regardée. Oui. Il était complètement dingue. Max n’allait pas mourir.

Jamais. Comme si maman et papa pouvaient tolérer une chose pareille ! Tobias n'en savait rien du tout. C'était un imbécile, voilà tout.

Le soir, au dîner, Max était là aussi. On lui avait permis de se lever du lit pour deux heures. Il mangeait son repas de malade et regardait nos tartines avec envie.

Véronique racontait l'excursion qu'elle avait faite avec sa classe. Ils avaient marché toute la journée et s'étaient même faufilés à travers un tunnel. C'était les Romains qui l'avaient construit autrefois, et...

– J'ai encore faim ! – Max a coupé la parole à Véronique. – Mais je ne veux plus de ce truc-là. Ça me sort par les oreilles.

Il a repoussé son assiette.

– Ça, ça ne va pas, a dit papa, mécontent. Tu ne peux quand même pas interrompre Véronique comme ça.

– Mais je suis malade ! a répondu Max en boudant.

– Ça ne veut pas dire que tu peux tout te permettre.

– Et vous, vous n'êtes pas obligés de manger ça tout le temps !

Max s'est soudain mis à pleurer.

– Écoute, Max ! a dit maman en lui passant la main dans les cheveux. Je comprends que tu préférerais manger autre chose. Mais tu es malade. Et nous devons faire quelque chose pour que tu guérisses.

– Et c'est ça, ce qu'on doit faire ?

Max a essuyé ses larmes.

– Ton corps se bat contre la maladie, a dit maman. Et grâce à ce que tu manges, nous pouvons l'y aider.

– Ça marche comment, tout ça ?

Je n'arrivais pas bien à me l'imaginer.

– Je vais vous montrer quelque chose.

Maman s'est levée et a pris un gros livre sur l'étagère. Elle nous a fait voir une photo où il y avait plein de petites billes. Elles étaient étranges. Maman a dit que le corps tout entier était fait de milliers de petites billes comme celles-ci, mais qu'on ne pouvait pas les distinguer à l'œil nu. Et que ces petites billes étaient les cellules et que chacune de ces cellules avait une tâche bien précise à accomplir. Maman nous racontait tout ça et nous montrait des photos en même temps.

Je n'avais jamais imaginé ça de cette manière. C'était fou, toutes ces cellules qui s'agitent en nous sans qu'on s'en rende compte. Maman a expliqué que, chez Max, il y avait des petites billes malades qui se multipliaient, alors qu'elles n'avaient rien à faire là. Mais qu'il y avait d'autres billes qui essayaient de les détruire ou de les empêcher de se reproduire. Et que nous devions aider ces billes-là à devenir fortes.

Maman a regardé Max.

– Toutes ces choses que tu dois manger et boire aident ces cellules. Tu comprends pourquoi c'est si important, maintenant ?

Oui, Max comprenait. Moi, je continuais à réfléchir.

– Pourquoi c'est Max qui est malade, et pas nous ?

– Il y a différentes façons de développer cette maladie, a dit Maman. Mais c'est difficile à expliquer exactement. Et en fait...

– Maman a hésité – en fait, il n'arrive que très rarement que des enfants aient ces cellules malades.

Elle nous a regardés, pensive.

– Ce n'est pas facile à comprendre, tout ça, n'est-ce pas ?

Nous sommes restés assis là, en silence,

pendant un moment. Papa a fini par se lever.

– Et maintenant, qu'est-ce que vous diriez d'une partie de Mau Mau* ?

Nous avons fait dix parties, et Véronique a failli gagner. Mais tout à la fin, elle a dû piocher tellement de cartes, que papa l'a dépassée de justesse. Pas de chance !

En allant se coucher, Max a demandé à papa et maman si je ne pouvais pas dormir dans sa chambre.

Maman et papa se sont regardés et ont souri tous les deux.

– Bon, d'accord, a dit papa. Mais à condition que vous ne fassiez vraiment pas de bêtises.

* Jeu de cartes allemand.

À présent, j'étais allongée dans mon lit et je regardais le ciel plein d'étoiles. À quoi Max pouvait-il bien rêver ?

Ces derniers jours, il avait maigri. À certains endroits, il commençait à avoir des taches rouges. Parce qu'il était toujours couché, avait dit Maman. Et il fallait les lui enduire de talc. Il devait aussi faire des exercices pour ne pas devenir trop faible, mais après quelques tours de la chambre, il était déjà fatigué.

Je lui racontais ce qui se passait à l'école, avec Alex et Winne. Mais j'avais l'impression que tout ça ne l'intéressait pas follement. Je ne savais pas vraiment pourquoi, mais je trouvais qu'il faisait plus adulte.

– Jo !

J'ai sursauté.

– Jo, tu dors ?

– Non ! Et toi ?

– Moi non plus.

– Tu as mal quelque part ? ai-je demandé, soucieuse.

– Pas vraiment. Aux jambes, un peu. Mais ce n'est pas très grave.

– Tu es sûr ?

J'ai réfléchi :

– Je pourrais te mettre un coussin en dessous.

Je me suis faufilée jusqu'à son lit sur la pointe des pieds et je lui ai fourré une serviette sous les genoux.

– Merci ! a chuchoté Max.

Je suis retournée sous ma couette.

– Tu veux peut-être boire quelque chose ? ai-je demandé.

– Non, tout va bien maintenant.

Max s'est tu un moment.

– Jo ! a-t-il finalement repris. Tu te souviens du coquillage ? Tu sais, le très grand que j'ai trouvé en France.

Bien sûr que je m'en souvenais, de ce coquillage ! Max l'avait mis dans son armoire, parce qu'il avait peur que le murmure à l'intérieur ne devienne moins fort s'il le laissait à l'air libre. Moi, je n'avais jamais osé le prendre et écouter sa petite musique.

– Tu le veux, Jo ?

– Moi ? Oui, mais... – J'ai hésité. – Mais il te plaît tellement. Et puis c'est toi qui l'as trouvé !

J'étais un peu perturbée.

– J'ai envie de te l'offrir. Franchement ! a chuchoté Max.

– Oui, mais...

Je ne savais plus quoi dire.

– Tu le prendras dans l'armoire demain, d'accord ? a dit Max. Mais tu ne le perdras pas, hein ?

– Qu'est-ce que tu crois ?

J'étais presque vexée.

– Non, bien sûr que tu ne le perdras pas, a dit Max pour me tranquilliser. Je pensais seulement... c'est un si beau coquillage.

On s'est tus.

– Max !

– Oui !

– Merci !

Ça a été de nouveau le silence.

Chapitre 4

# Le sourire de Max

Ce jour-là, maman et papa devaient retourner à l'hôpital avec Max. On allait l'examiner des pieds à la tête. Christine voulait absolument les accompagner, mais elle a fini par préférer la proposition de papa d'aller manger une glace au chocolat avec Véronique et moi.

Papa m'a donné de l'argent pour nous trois, mais je crois qu'il était un peu distrait.

D'habitude, il n'est pas si généreux. Nous avons avalé des coupes énormes, sur lesquelles la vendeuse avait rajouté de la crème Chantilly. Puis nous sommes rentrées très lentement pour que les boules ne soient pas secouées dans notre ventre. Dieu sait ce qui se passe à l'intérieur du corps, avec toutes ces petites billes qui s'affairent. Et si l'idée leur prenait de ne plus tourner très rond ? Depuis les explications de maman, il m'arrivait souvent d'en rêver...

Nous avions terminé nos devoirs, quand papa, maman et Max sont enfin rentrés. Papa a porté Max directement dans son lit ; il s'était endormi. Maman s'est assise dans un fauteuil.

– Alors ? ai-je demandé avec impatience.

– Les médecins sont très satisfaits de Max, a dit maman.

Je crois qu'elle était légèrement soulagée.

– Ils ont constaté que la maladie allait probablement arrêter de s'étendre. Elle a fait une pause. Une fois que les cellules malades auront fini de se multiplier, nous aurons gagné en partie.

Maman s'est levée.

– Mais Max est très affaibli. Nous avons encore beaucoup à faire.

Elle s'est levée pour préparer un jus.

– Nous finirons bien par y arriver, l'avons-nous entendue marmonner dans la cuisine.

C'était déjà la fin de l'été. Ou plutôt, c'était presque l'automne. Mais comme le soleil était toujours chaud, on avait l'impression d'être encore un peu en été.

Papa avait installé Max dans le jardin sur le transat et l'avait enroulé dans des couvertures.

J'étais allongée dans l'herbe à côté de lui, et

je lui racontais des choses dont on avait parlé à l'école.

– Il existe des handicapés spirituels*, lui expliquais-je, qui...

– Comment tu dis ?

Max m'a jeté un regard en coin.

– Des handicapés spirituels. En tout cas, ils doivent...

Max a éclaté de rire. Il riait tellement qu'il se tenait le ventre.

– Des handicapés spirituels ! Mon Dieu, que tu es bête !

– Qu'est-ce qu'il y a de drôle ? – J'ai commencé à me fâcher. – Arrête de rire comme ça ! Je parie que tu ne sais même pas ce que c'est !

Max n'arrêtait pas. Je lui ai lancé de l'herbe. Ça ne servait à rien. Il continuait à rire.

* De l'esprit.

– Ça suffit maintenant !

Je lui ai pincé le bras.

– Aïe ! Mais tu es folle !

Maintenant, Max aussi était en colère.

– Qu'est-ce que vous avez ?

Maman arrivait avec une assiette pour Max.

– Il se moque de moi tout le temps, ai-je dit.

– Et la grosse m'a pincé.

– Arrête donc, Jo ! a dit Maman.

Max m'a regardée triomphalement.

– Allez ! Faites la paix !

Elle a donné l'assiette à Max et elle est partie. Nous ne disions rien. J'arrachais des brins d'herbe. Max mangeait.

– Arrête de faire l'andouille vexée ! a dit Max au bout d'un moment.

J'ai continué d'arracher des brins d'herbe.

– C'était pour rire, ma grosse ! Je n'y peux rien si tu dis des trucs aussi drôles. Et les handicapés dont tu parles ne sont pas des handicapés spirituels, mais des handicapés mentaux.

Max a toussé.

– Et alors ?

Je lançais des brins d'herbe en l'air.

– C'est pas une raison pour te moquer de moi comme ça.

– Allez, ma grosse ! C'est fini maintenant.

Je n'ai rien dit.

– Tu n'as pas envie de me lire une histoire ?

Max était emballé par son idée. Bon, s'il le fallait !

Je suis montée chercher des histoires courtes, pour que Max puisse choisir. J'ai laissé le livre de fantômes. En plein jour, ça ne devait faire aucun effet. Et puis je suis redescendue dans le jardin en courant. Il ne fallait pas que Max s'endorme entre-temps !

Le soir même, Max m'a demandé :
– Au fait, tu penses toujours que tu vas tomber amoureuse de Winne ?
– Je crois, oui, ai-je dit après avoir réfléchi. De qui d'autre, sinon ?
Je ne voyais pas. Max non plus.
– Winne sera certainement aussi un gentil papa.
Max a ri.
– Avec tous les enfants que vous allez avoir, vous en aurez, des choses à faire.
– Et toi ? ai-je demandé. Tu vas tomber amoureux de qui ?
– Je ne sais pas.
Max a regardé au plafond.
– Qu'est-ce que tu dirais d'Alex ?
Max a secoué la tête. Il a de nouveau toussé.
– Mais tu auras aussi plein d'enfants, hein ?
Max n'a rien dit.

– Et il faudra toujours qu'on se téléphone, tu me l'as promis. Et n'oublie pas non plus l'équipe de football...

Max m'a regardée comme il ne m'avait jamais regardée. Ça m'a fait tout drôle.

– Aïe !

Max a fait une grimace.

– Ça fait mal ?

J'étais inquiète.

– Ça va, c'est passé.

Il m'a souri. Je lui ai souri. D'une certaine façon, je l'aimais beaucoup, Max. Je l'ai regardé, songeuse.

– Max ! Ça t'arrive d'être triste, parfois, parce que tu es malade ?

Il a de nouveau regardé au plafond.

– Oui, a-t-il fini par dire. Je préférerais pouvoir me défouler en courant, comme toi, normalement.

Il m'a regardée d'un air sérieux.

– Ça va s'arranger bientôt, Jo. C'est sûr !
– Je peux venir sous ta couverture, Max ?
Il a soulevé la couette, et je me suis faufilée dans le lit.
– Maintenant, on n'a qu'à dire que je suis un peu malade aussi, d'accord ?
Nous avons ri.
– Et quand maman va venir tout à l'heure, il faudra carrément qu'elle prépare une portion de médicaments en plus.
Max rayonnait. Nous sommes restés allongés sans rien dire pendant un moment.
– Je me demande comment c'était dans le ventre de maman, s'est demandé Max. Tu crois qu'on se tapait déjà dessus ?
– Nous ? Hmm... Certainement pas. Une ou deux fois tout au plus.
Nous avons ri de nouveau. Je me suis couchée sur le ventre. Max est resté allongé sur le dos. Il a fermé les yeux.

– Max ! Est-ce que tu crois que tu vas guérir ?
Max n'a pas répondu. Il s'était déjà endormi.

Le lendemain soir, je suis allée chez Alex avec papa. Alex devait me prêter un bouquin pour préparer mon exposé de géographie. Papa m'accompagnait en voiture pour m'éviter de faire le trajet à pied. Au retour, il a fait un petit détour à l'extérieur de la ville. Le soleil allait se coucher et les prairies brillaient. Il s'est arrêté sur un parking.
– Tu veux que nous regardions ça tranquillement ?
J'étais ravie. Nous sommes sortis de la voiture et nous avons marché un petit peu jusqu'à un banc. Nous sommes restés assis là. Le ciel, peu à peu, se colorait de rouge. C'était magnifique.

Mais quand nous sommes rentrés, maman était très inquiète. Elle disait que Max était très faible. Il avait la nausée et aussi de légères douleurs. Maman avait appelé le Dr Menze. Il allait venir.

Christine et Véronique ont dû aller se coucher. Moi, j'ai eu le droit de rester un peu debout. À présent, papa lui-même était nerveux. Le Dr Menze est arrivé. Tous les trois, ils sont allés dans la chambre de Max. Je n'ai pas osé les suivre.

J'ai lu une histoire à Véronique et à Christine avant qu'elles ne s'endorment. À la fin, je ne savais même plus ce que j'avais lu. Mes pensées n'arrêtaient pas de voltiger dans la chambre de Max.

Je suis redescendue au salon. Il y avait un grand silence dans la maison. Mon cœur battait très fort. Papa, maman et le Dr Menze ont descendu l'escalier. Je me suis levée et

je les ai regardés d'un air interrogateur. Ils avaient une figure grave.
Maman m'a prise dans ses bras et elle a passé sa main dans mes cheveux.
– Jo ! Max a une pneumonie parce qu'il est resté trop longtemps allongé. Il ne passera peut-être pas la nuit.
Max !
Maman me tenait toujours dans ses bras.
– Tu veux aller auprès de lui ?
J'ai fait oui de la tête.
– Nous allons encore parler avec le Dr Menze, et après nous viendrons aussi.
Maman était tellement calme !
J'avais les genoux en coton quand je me suis retrouvée devant la chambre de Max.
Je suis entrée doucement. Mais dès que j'ai vu Max, je me suis sentie plus calme.
Je me suis assise près de lui et je l'ai regardé. Il avait fermé les yeux. Il avait le

teint crémeux. Et les taches de rousseur avaient presque disparu de son nez. Il respirait difficilement, mais c'était quand même régulier.

Max.

J'ai pris sa main et je l'ai serrée.

« Je t'aime, Max ! ai-je pensé. Je t'aime ! Je ne veux pas que tu meures. »

Je tenais sa main sans dire un mot.

Tout était silencieux.

Nous étions ensemble.

Max était très faible. Il n'ouvrait pas les yeux. Tout doucement, je l'ai très bien senti, il a serré ma main.

Max !

Nous ne disions toujours rien.

Papa et maman sont entrés dans la chambre. Le Dr Menze était parti. Maman m'a regardée, et nous savions tous que Max allait mourir.

Maman a pris sa main et lui a parlé. Très calmement.

Max a ouvert les yeux. Il nous a regardés et a pleuré, un tout petit peu. Son adieu.

Papa était debout à côté de moi et je crois qu'il pleurait aussi.

J'ai eu l'impression que nous devenions plus grands, Max, maman, papa et moi.

Maman parlait à Max. Tout le temps. Elle lui rafraîchissait le front avec un mouchoir.

Max était tout calme. Sa poitrine montait et descendait régulièrement. Maman a pris son pouls. Nous avons vu que le bout de ses doigts devenait bleu.

– Tu vas dormir longtemps, ce sera bien, a-t-elle dit en caressant son visage. Ça va être merveilleux.

Des larmes coulaient le long de ses joues. Elle a fait un bisou à Max, de notre part à tous.

La chambre était bleue comme la mer, la mer dans laquelle nous étions en train de plonger. Il ne pouvait rien nous arriver. Max nous emmenait avec lui. Un petit bout de chemin. Dans la mer, profonde et bleue, nous étions ensemble.

Max n'a plus respiré, comme s'il avait oublié de le faire. Et puis il a de nouveau respiré. Encore une fois.

Ensuite, ça a été le silence.

Un grand silence.

Papa ne disait rien. Maman pleurait. Je l'ai prise dans mes bras.

– Maman, la mer ! ai-je chuchoté.

Elle m'a serrée fort.

Max.

Sur son visage flottait un petit sourire.

Papa a joint les mains de Max sur le ventre.

J'ai aidé maman à laver Max. Nous avons soutenu son menton avec un foulard, parce que ses muscles ne fonctionnaient plus. Mais il avait gardé son sourire.

Nous avons sorti de la chambre les pommades, les jus, les serviettes, et toutes les affaires de la maladie, et nous avons mis des fleurs et des bougies à la place.

J'ai caressé le sourire de Max.

Calmes et fatigués, nous sommes allés nous coucher.

Chapitre 5

# La vie continue

Les cloches de l'église sonnaient. Elles sonnaient pour Max.

Maman et papa portaient des habits de deuil. J'avais mis ma robe bleue préférée. Christine et Véronique aussi s'étaient faites belles.

L'église était pleine à craquer. Tout le monde était venu, même les enfants de notre classe. Mais je ne pouvais regarder personne. Nous

nous sommes assis au premier rang. Tout était silencieux, on n'entendait que les pas des gens qui arrivaient encore.
La messe a commencé.
Tout ça, c'était pour Max.
J'avais l'impression que cela faisait une éternité que nous avions dormi ensemble sous la couette, Max et moi. Nous avions ri. Et quand il était encore en bonne santé, et que le soir nous avions...
J'ai sursauté. Le pasteur parlait de Max.
Il disait que nous étions tous bouleversés par la mort d'un être si jeune. Et que Max avait été un enfant plein de vie.
Oui, il l'avait vraiment été. J'ai avalé ma salive.
Le prêtre a continué en disant que l'on pouvait facilement perdre courage. Mais que la présence de Dieu, justement en une heure aussi pénible...

Non, il ne parlait pas si bien de Max. Et d'une certaine manière, j'ai été contente quand la messe a été terminée.

Nous sommes restés un moment devant l'église avant d'aller au cimetière. Maman et papa parlaient avec Tante Julie et Oncle Rolf.

– Bonjour, a dit doucement une voix derrière moi.

Je me suis retournée. Alex ! Et Winne aussi était là. Nous étions les uns en face des autres et nous ne savions pas trop quoi dire.

– Comment ça va ? Alex me regardait avec un air incertain.

J'ai eu de nouveau les yeux pleins de larmes.

– Non, je veux dire...

Alex s'est mordu la lèvre.

– C'est bon.

J'ai essayé de sourire.

– D’une certaine manière, je n’arrive pas à y croire.

Winne était très pâle.

– Mais Max n’a plus mal nulle part.

C’était Véronique qui avait soudain pris ma main.

– Et... – Winne hésitait – c’était dur, quand il est mort ?

J’ai encore dû avaler ma salive. Véronique tenait toujours ma main.

– Je ne sais pas. – J’ai hésité. – C’était presque beau.

Alex m’a regardée, effrayée.

– On était avec lui, ai-je dit. Il n’était pas seul. Et... nous non plus.

Nous nous sommes tus.

Papa, maman et Christine sont arrivés, il fallait partir.

Au cimetière, il y avait une grande couronne de fleurs sur le cercueil. Et sous le couvercle, il y avait Max. Mon frère jumeau, Max. Il souriait, c'était sûr. Il y avait des gens qui sanglotaient. Et Max reposait dans son cercueil, et il souriait. Les gens ne le savaient pas.

Pour le coquillage, ils ne savaient rien non plus. Le coquillage dans lequel on entendait murmurer la mer. Elle continuait à murmurer. Même si le coquillage était très loin de la mer.

Nous nous sommes arrêtés devant la tombe ouverte. Le pasteur a dit quelque chose. Puis on a descendu le cercueil dans la tombe avec des cordes. Alors je me suis remise à pleurer.

J'avais les jambes en coton quand je me suis trouvée devant la tombe à regarder le cercueil. J'ai lancé un petit bouquet de fleurs colorées à Max. Véronique et Christine se sont avancées. Elles étaient blanches comme du linge. Elles aussi avaient des fleurs pour Max. Christine a jeté une petite boîte dans la tombe. Elle n'a pas dit ce qu'il y avait à l'intérieur.

– Est-ce que Max va rester dans la tombe pour toujours maintenant ? a demandé Véronique après un moment.

– Max est en train de changer lentement, a dit papa. La vie est sortie de son corps. Son corps va se transformer, il va de plus en plus ressembler à la terre, jusqu'à ce qu'il soit finalement devenu de la terre.

– Max va devenir de la terre ? Véronique regardait Papa.

– Il n'y a que son corps qui va devenir de la terre, ai-je dit. Max n'est plus vraiment à l'intérieur.

– Mais il est où, alors ? a demandé Véronique.

– Il est très difficile de répondre à cette question, a dit maman en prenant Véronique par la main. Les hommes ne peuvent pas tout expliquer.

Elle a fait une pause.

– Il y a des choses qui restent des secrets pour nous. Et la mort reste un secret jusqu'à ce que nous mourions nous-mêmes.

Nous nous sommes tus. Je pensais au coquillage et à la mer. La mer qui murmurait toujours. La mer qui n'arrêtait pas de bouger. Mais je pensais aussi à autre chose...

Une chose qui me travaillait tout le temps. J'avais pincé Max, alors qu'il était si faible. Je l'avais pincé parce que je m'étais énervée contre lui. Je l'avais pincé, et maintenant il était mort.

– Qu'est-ce que tu as, Jo ? – Maman a passé sa main dans mes cheveux. – Il y a quelque chose qui ne va pas? On dirait que tu cherches à nous éviter depuis qu'on est rentrés à la maison.

Je n'ai pas pu retenir mes larmes. Tout a jailli dans un désordre confus. Et une fois que je l'ai dit, ça allait déjà un peu mieux.
– Jo, ce n'est pas grave du tout que tu aies pincé Max.
Elle avait les yeux pleins de larmes. Son visage avait beaucoup vieilli ces derniers jours.
– Je crois que c'est bien qu'on ait été avec Max comme d'habitude.
Le lendemain, je suis retournée à l'école. Véronique et Christine aussi.
Au début, ça m'a fait tout drôle. Parce que, quand je suis entrée dans la classe, il y a eu un silence de mort.
– Bonjour ! ai-je dit en avalant ma salive.
– Bonjour ! ont répondu quelques-uns.
Personne ne savait quoi dire, et certains enfants regardaient ailleurs, l'air gêné.
Je suis allée à ma place et j'ai déposé mon sac.

– Qu'est-ce qui se passe, ici ?

Dieu merci, c'était Alex qui arrivait.

– Ça ne va pas, la tête ? Est-ce que Jo débarque de la Lune, ou quoi ?

Les autres se taisaient toujours. Alex est venue vers moi.

– Bonjour, Jo !

Elle a eu soudain un sourire espiègle.

– Tu veux copier mes devoirs de maths ? Pour une fois, ils sont justes.

J'ai ri.

– Tu crois que j'ai encore le temps ?

– Si tu te dépêches.

Kalle a regardé sa montre. Lui aussi riait maintenant. Et enfin, les autres ont arrêté de se taire. Winne est arrivé en classe hors d'haleine, à la dernière minute, comme d'habitude. Ça devait lui être impossible d'arriver plus tôt.

Et puis Dali est arrivée, notre prof de

maths. En fait, elle s'appelle Dalinghoff, mais comme elle a des moustaches, on l'appelle Dali.
– Je suis contente que tu sois revenue, Johanna, a-t-elle dit en me regardant gentiment.
À part ça, elle n'a rien dit. J'étais contente. Le cours a commencé.

Avec maman et papa, j'ai rangé les affaires de Max. J'ai gardé certaines choses ici, dans ma chambre. Un dessin, par exemple, que Max avait fait un jour. C'était un cochon, un cochon gros et gras. Je l'avais accroché au mur. Il allait certainement me porter chance.
Max n'était plus là.
Je ne pouvais plus monter les escaliers en courant, quand je rentrais de l'école, pour tout lui raconter. Ni être allongée dans

l'herbe, l'après-midi, à me disputer avec lui. Ou me blottir sous sa couette. Nous ne pourrions plus jouer au foot ensemble non plus.

Le coquillage reposait sur un bout de coton dans le tiroir de ma table de nuit.

Non, nous n'irions plus ensemble, épier les amoureux dans la nuit. Et Max n'allait pas m'appeler, plus tard, quand j'aurais des enfants.

Mais ça, c'était encore loin.

Maintenant, il était grand temps que je finisse mes devoirs pour demain. Il fallait que je me dépêche. Alex et Winne devaient venir me chercher pour aller à la piscine.

Christine était très excitée depuis quelques jours. Et aujourd'hui, elle l'était particulièrement.

– Quand est-ce que ce sera enfin l'après-midi ?

C'était au moins la dixième fois qu'elle demandait ça. Il faut dire que c'était son anniversaire et qu'elle se réjouissait comme une folle à l'idée du gâteau au chocolat qu'elle avait commandé.
– Dans cinq minutes, c'est l'après-midi ! a crié maman du salon.

Christine était de plus en plus énervée. Elle allait tout de même devoir souffler sept bougies d'un coup.
On a fermé la porte devant son nez. J'ai mis la table avec papa.
Papa avait expliqué à Christine que c'était encore un peu difficile de faire une vraie fête avec des enfants, et qu'il valait mieux inviter ses copains plus tard.
Christine était très contente quand même. Elle avait eu peur que son anniversaire ne tombe complètement à l'eau, puisqu'on

était tous encore très tristes, à cause de Max.
Nous avons disposé les cadeaux sur une table et allumé les bougies.
Christine a pu entrer.
Elle rayonnait en ouvrant les cadeaux. Maman et papa lui ont offert un minuscule kart. Le vrai grand kart, elle le recevrait à Noël.
Véronique lui a offert des crayons de couleur. Et moi, des sachets de réglisse.
Ensuite elle a soufflé les bougies sur son gâteau d'anniversaire. Elle y est arrivée du premier coup, et elle était tellement fière qu'elle a voulu recommencer.
Nous avons pris du café. Enfin, plutôt du cacao. Nous avons allumé une bougie. Et le gâteau était vraiment bon.
– Il y a sept ans, aujourd'hui...
Maman a fait un grand sourire à Christine.

C'est comme ça qu'elle commençait à chaque anniversaire, chaque fois avec une année en plus, bien sûr, mais à chaque fois c'était aussi passionnant.

– Eh bien, il y a sept ans, j'avais encore un très gros ventre. Il était si gros que je ne pouvais presque plus m'asseoir à table et manger.

Maman a avalé sa salive, puis elle a continué :

– Ce jour-là, Max et Jo m'ont une fois de plus demandé quand le bébé allait enfin venir. Ils ne croyaient presque plus qu'il sortirait un jour de ce ventre, parce que cela durait déjà depuis tellement longtemps.

Christine triomphait.

– Là, je vous ai bien énervés, hein ?

J'ai rigolé.

– Et puis j'ai remarqué que ça commençait, a dit maman.

– Et comment tu as remarqué ça ? a demandé Véronique, captivée.

– Les contractions ont commencé. Ce sont des douleurs qui deviennent de plus en plus fortes. Le bébé se prépare à sortir. Il cherche son chemin, en poussant fort vers le bas avec sa petite tête. Ça fait mal, naturellement.

– Mais je croyais que c'était bien d'avoir des enfants, ai-je dit.

– Ça l'est. – Maman a souri. – C'est merveilleux. Mais souvent c'est douloureux pour les mamans.

– Et ensuite ? a demandé Christine.

– J'ai préparé le lit de maman, a raconté papa. Max, Jo et Véronique ont dû aller se coucher, parce qu'une naissance peut durer très longtemps, même quand les contractions ont commencé.

– Et on est vraiment allés au lit ? s'est étonnée Véronique.

Papa a fait oui de la tête.

– Au début, vous étiez encore très excités. Vous avez fait les fous dans vos lits. Et vous n'avez pas arrêté de crier qu'on allait avoir un bébé.

– Je m'en souviens.

Je rayonnais.

– J'ai fini par appeler la sage-femme et le docteur, a continué papa. Ce sont eux qui viennent quand un bébé naît à la maison.

– Et qu'est-ce qui s'est passé après ? ai-je demandé.

– Maman allait et venait dans la chambre. Ainsi, elle supportait mieux les contractions.

– Et après ?

Christine a regardé maman.

– Après, ça a vraiment commencé, et là, il a bien sûr fallu que je m'allonge.

Nous écoutions, captivés.

– Papa me tenait la main et me parlait. À ce moment-là, les contractions venaient comme de grandes vagues. C'était une force qui passait par tout le corps. Je ne voyais presque plus ce qu'il y avait autour de moi. Les douleurs sont devenues tellement fortes que j'ai vraiment cru que je n'y arriverais pas, que je ne supporterais pas cette douleur. Et lentement, la contraction devenait plus faible. Je pouvais penser à la suivante. J'ai décidé de la supporter aussi. Je respirais calmement. Je continuais à respirer. Et puis cette force est revenue. Une douleur incroyable, qui passait par tout le corps. Tout à coup, ta petite tête a été dehors. Et peu de temps après, tu étais là tout entière.

Maman souriait à Christine.

– D'un seul coup, la douleur a disparu. La sage-femme t'a posée sur mon ventre. Ce fut un instant merveilleux. Tu étais si douce et minuscule. Et toute tiède. Je n'arrivais pas à y croire. Une si petite vie sur mon ventre.

On était tous silencieux. Maman ne l'avait jamais si bien raconté.

– Papa avait les larmes aux yeux, a continué maman. Et puis c'est lui qui a coupé ton cordon ombilical. À partir de ce moment-là, tu devais te débrouiller toute seule. Tu devais respirer, et te manifester quand tu avais faim.

– Et plus tard, j'ai appris à marcher et à parler.

Christine était ravie. Tout à coup, maman s'est mise à pleurer. Nous nous taisions. Tous, nous pensions à Max.

– C'est si difficile de comprendre tout ça, a dit maman en essuyant les larmes sur son visage. Et pourtant ! Max a eu une vie si belle. Elle n'a pas été très longue...

Maman a avalé sa salive.
– ... mais elle a sûrement été belle.
Elle nous a regardés.
– Max aimait tellement rire. Il serait certainement triste si nous devions ne plus y arriver à présent. Bien sûr, ça va mettre du temps. Mais nous pourrons rire à nouveau, n'est-ce pas ?
Oui. Nous le pourrions.
J'ai regardé la photo de Max qui était accrochée au mur. Il était assis sur un arbre et riait. Il avait découvert quelque chose. J'ai eu l'impression qu'il venait juste de monter là-haut. Papa nous a resservi du cacao. On avait presque fini le gâteau.
Même Christine en a mangé un deuxième gros morceau. Il fallait bien qu'elle mange plus, a-t-elle expliqué, puisqu'elle avait sept ans maintenant... Et les huit ans n'étaient plus très loin.

# ENVOL

DANS LA MÊME COLLECTION

## La sauvage

Elle naît sur un tas de chiffons sales, par une nuit glacée de mars. C'est la plus petite d'une portée de chats. Très vite, il lui faut apprendre à se nourrir, à chasser, à trouver un endroit chaud pour se reposer. D'apparence si fragile, parviendra-t-elle à survivre dans le monde impitoyable de New York ?

## Le secret de Martin

Comment le père de Martin est-il mort ? Personne ne veut lui dire. À douze ans, il a le droit de savoir, tout de même ! Alors, sur un coup de tête, Martin décide de retrouver ses grands-parents. Ils lui diront tout, il en est sûr...

## Max, mon frère

Jo en a vraiment assez de son frère Max. Si seulement elle pouvait en changer ! Il n'arrête pas de se moquer d'elle et de l'appeler « ma grosse ». Mais, un jour, Max tombe d'un arbre et la radio du médecin révèle une grave maladie. Jo comprend alors combien son frère lui est cher. Arrivera-t-elle à surmonter, avec sa famille, l'épreuve qui l'attend ?

*Imprimé en France*
Dépôt légal : mars 1998
N° d'Éditeur : 3379 – N° d'impression : 79447